U0007279

上山光黑

胡家榮——著

寧靜海

藍血人：讀胡家榮《光上黑山，寧靜海》

楊佳嫻

一種細微聲響，在金屬沙子上移動。是烏雲的腳，祕密升高的水線，冬天時乾去的細藤重新活過來還要往前爬。胡家榮詩集《光上黑山，寧靜海》，以二〇一四年發行過的《光上黑山》加收若干早年作品匯集而成。

從書名看，「光」、「山」、「海」，巨大、必要且對照，「黑」、「寧靜」也許是實況與願望，這些字眼交織出一個廣袤世界，也傳遞蕭穆、帶宗教感的美。「光上黑山」是個過程，配色類似羅智成「黑色鑲金」，然而前者帶著探索之意，後者則近於景觀。

全書絕少文字罣礙，簡單，眩暈，鉛筆畫淡糊開來，直接是深淵。這是我寫詩很久以後才有的體會，越深淵，文字則必須越清簡，操作著打水用

的繩索縋入黑井那樣，但是胡家榮似乎在寫詩的最初憑著一種自信與自覺，即能夠靠近。

《光上黑山，寧靜海》必須觀看整體，某些當代藝術作品也是如此，從系列中才能窺見意義。有一些主題如驚懼的顫音，反覆現身，顛倒呼應，那是流竄的死火，「殘疾的海／因為人們刺傷你」，同時也問，「友善的狗／你為什麼變得凶殘」。

書一開篇，〈我在泰國的海藍寶石〉，「侷促且偶然的／我買回了我的血滴」，藍血意味著「我是一另一種生命體」，這讓我想起倪匡曾寫過《藍血人》，隕石襲擊了太空船而降落地球的土星人，「身體裡流著不同的血」原屬象徵性說法，在小說裡以顏色鮮明地區分開來，每當藍血人傷痛、緊繃，臉會泛藍，宛若潮汐，陰晴圓缺，其意義與地球人面色泛紅靠近。胡家榮詩裡的「我」，顯然也藉由血液顏色區分了自己與其他人，而且，這色澤特異的血液是珍貴閃爍能夠凝結為寶石的。

〈姊姊〉：「我有藍色的血液／你有紅色的血液／紅色血液的姊姊／我是否應該尋求你」，「我」之所以流著藍色血，也許因為詩，或因為愛／失愛，身處紅色血液的普遍世界，如同一名異鄉人。「姊姊」是擁有正常、普遍血液的存在，顯然和「我」關係深厚，所以〈血水〉這首詩才會寫：「黑色的鱗／紅色的鱗／藍色的血液／灼熱漫開／想望你紅色的血液／藍色血液的小蛇／姊姊／蒼白的尾鰭／衰老的尾鰭／過去的尾鰭／我們還有隻過去的尾鰭」，「藍血液的小蛇」，蛇本為冷血變溫動物，可是詩裡卻說藍血也有自身的灼熱。無論紅血姊姊和藍血小蛇是多麼相隔的異類，藍血者對紅血者生出「尋求」、「想望」的強烈情緒，而且，他們還共同擁有「過去的尾鰭」，彷彿未分化前的連體部份，那退化後仍在情感上擺動著的幻肢。

在〈缺口的籠子〉裡，詩人暗示著我族如此稀罕，「002 來了。001 坐在角落看。／002 走進了 001 的牢房，他們審視彼此的眼睛，不問關於經過的事。／『來了一個族人，』001 說。『活著

還不浪費。』」然後001和002顛倒相愛起來，直到繁花落盡。原本編號只到一，現在來了可以一起被編進行列的另一人，「族人」，多麼困難，是另一個藍血人嗎？是能夠感受幻肢、辨認寶石本質的另一顆心嗎？尋覓到「族人」，活著才有意義，否則就是孤獨嗎？〈分化〉中指出族人的特質：「被世界分化的人／異質的人／出入困難／請不要責怪」。從麻瓜的眼光看，魔法師屬於異質，進入魔法師的結界裡，麻瓜就變成恥辱了；藍血人是麻瓜還是魔法師？魔法師住在麻瓜國度，或麻瓜誤闖魔法師次元？

　　藍血人希望變成紅血人一族嗎？〈魔說〉第二首：「換血的時候／幾乎死去」，換血，莫非原血含有毒質？想成為另一世系血統，是因為渴望改變命運與認同？換了血，深淵是否就消失？

　　尋找認同，區辨同異，是百年來最重要的文化政治課題。最小尺寸而又最難解的異鄉經驗、被排斥遭遇，不就是在愛裡／外面嗎？〈我們〉：

「風中篝火閃爍／閃爍不定／每一個異質的神情／都在天光中看見／／我們是異星人／來臨只能不斷墜落／降臨之後光亮沉沒」，「我們」皆異，因此靠近。然而，「我們」也可能生出分別心，「山」系列三首詩，第一首說「你畫山給我／我看到一座山」，對方所畫，即成我所親見之風景，彷彿我之世界倚賴對方建造；第二首「你時時上山／山裡時時下雨／你說你喜歡山／你帶我上山」，對方時時刻刻拜訪這座兩人共有的山，假如山是心，雨是心兵，你帶我上山則是為了使我也聽見那心兵列隊的陣仗；第三首看見山脈岩痕，忍不住問「這麼多的疲累／都是我刻的嗎」，你給了我這座山，我的踩踏卻增加了山的負荷。猶如村上春樹《挪威的森林》那難以探求的直子之心，莫非尋找族人是最虛妄的事業？

可是，詩人終究有所依靠。〈刀〉裡說，「刀也在我體內一塊不知名的處所插著／那裡馬上成為一座供奉的古廟」，傷害與祭祀同源，光是自己的，黑山也是。黑山甚至使我想起托馬斯・曼小說

裡的「魔山」，病與原諒、心與時代，宛如冰晶、透明且尖銳的思想之花，是否終將融化、流向無明？也許意義就在這裡——〈記得〉裡說的：「我藍色水域的詩／我記得你們」，藍血，藍水域，放養在血中的詩們。

目錄

◐光上黑山

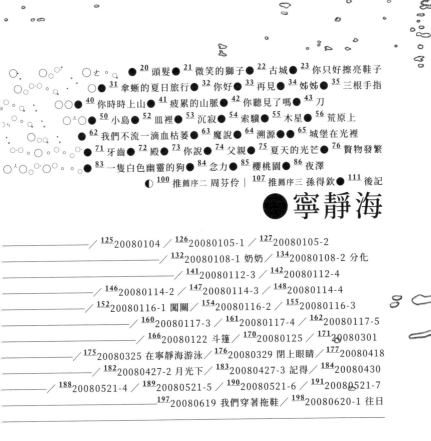

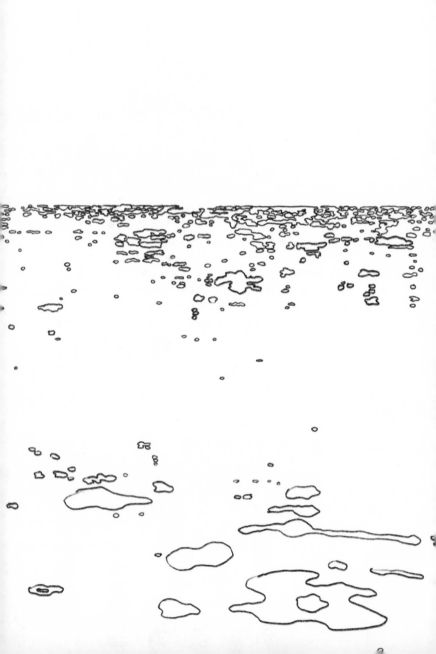

光上
黑山 (序詩)

光上黑山
灑滿每一片葉
那些霧裡的日子
在瞬間死亡
永遠消失
不再復返

我在泰國的海藍寶石

侷促且偶然的
我買回了我的血滴

遺跡

你的皮膚潛伏著藤蔓,散發瘴氣
你的瞳孔裡有從前的月光
你的聲音顯示有風經過樹林
你的指紋纏滿古堡
斑駁刻著有些
你的頭髮尚未修剪
嘴角剝裂,笑容可掬
你挺胸,擠碎肩胛骨
你的步履搖擺如蛇
你翻身,肋骨是沼澤裡的枯枝

缺口的籠子

002 來了。001 坐在角落看。

002 走進了 001 的牢房，他們審視彼此的眼睛，
不問關於經過的事。

「來了一個族人，」001 說。「活著還不浪費。」

※ 致我大二美術系室友

頭髮

拿起指甲刀剪指甲
剪下來的月亮有裂痕
就發覺沒有你幫我剪頭髮
頭髮還是會定時斷裂

微笑的獅子

今早我來到了你們曾經來到的大荒山或是原野
走你們走過的路
看見一樣的岩石或樹木
知道你們知道接下來的行為都是可以的
因為空氣舒適

再來會遇見微笑的獅子
就連利齒都無比溫柔

古城

我有座殘破的城
一條殘存的路
路邊有頭朱漆斑駁的石獅
有些陳年舊曲偶爾會傳來

我有間傾頹的瓦房
住一個腐朽的你
我走在無人的路上
看你遺留的斷垣

我走在大霧裡
聽聞著陳年舊曲
繞過一頭石獅子
找不到一口井

你只好擦亮鞋子

你可以靜默
感受就可以全面
你的語言包裹什麼
思想在哪裡可靠
你虛弱
得笑著說話或嚴肅
但強壯太可怕

你花所有力氣戒慎恐懼
一直都有影子

你擦亮鞋子走
每個腳印都骯髒

樹與烏鴉

種一棵樹
現在總算有烏鴉築巢
我看得見烏鴉
聽得見你們說話
但無法分辨
絮語也是新的
你們盤旋　呀呀

你已經遠離我
根縶得好沉
不是我踩踏的土地
我害怕夢見你夜裡龐大無影的枝枒

但你是從前的你吧
我的烏鴉在你那裡
我們的烏鴉

窗外的葉子是淺綠色
陽光喜歡照
但那不是你的樣子
我這裡只有烏鴉

我們

1
該覺得冷
很和緩
我沒看見

這裡是大荒山
我沒看見什麼
黑還不夠黑
我們像曾經般親密

2
今夜我來到了大荒山
有一條路
於是我走

光終於沒有象徵

遭遇後

可以離去

腳踝

腳踝在痛
我照 X 光
透視我比以前容易

你們很聰明
懂得拿刀劃開我的皮
血就會流出來

巨蜥的百岔舌

　　兩個男孩在山裡植苗。一個植小草，一個植樹。

　　小草四面延展，在四方爬升，讓中心成為一個山谷。山谷很深，很寬闊。

　　漸漸小樹成為大樹，成為巨木，雄偉，陰沉，齜牙咧嘴，撕扯霧氣，但搆不到山谷的邊境。巨木在霧氣裡呈現黑色。

　　蜥頭朝上，是巨蜥黑色的百岔舌。

　　後來霧氣開始驅散的時候，巨木幾乎已經是山谷裡的綠色。只在樹梢頂部留了一塊男孩形狀的黑榴。

　　夜裡，一樣黑色事物在山裡無聲息地墜落。

我們

想念的時候
我說我們可以擦肩
我們在我們的城市
我又說我不想遺漏你存在以外的方式

那些偏離的
我仍然畏懼
我背對你說話
不敢回頭看你

傘蜥的夏日旅行

夏日午後炎熱
可樂的氣泡在昇華
你們彼此都為夢想而來
信仰愛與美
青春熱情，浪漫無度
可以征服宇宙
你們朝太陽的方向奔跑
使用優雅的語彙
你們神情專注
歡欣鼓舞，口沫橫飛
一群傘蜥浩浩蕩蕩
在沙漠裡唱歌

你好

我喜歡你的聲音
喜歡你棕色的皮膚
喜歡你在陽光裡
毛髮溫和

現在我敢看你了
你才真的出現

再見

自你出現後
我時時回來
石塊堅硬
巨碩

但這裡空氣黑
陽光冷
是水的廢墟

姊姊

我有藍色的血液
你有紅色的血液
紅色血液的姊姊
我是否應該尋求你

一條小蛇
吐著信

三根手指

換床單的時候，發現了三根手指
那是以前切下來的。
紫色乾腐的手指，我所遺棄的過去
新長的肉色手指頭，認不得痛苦和母親
我該如何安置你，給你鑲寶石的箱子
夜裡棺材敞開，吸血鬼的指頭剩下來

我觸摸我黑色紅色的鱗

我觸摸我黑色紅色的鱗
手指的灼熱在水裡漫開
我讓尾鰭浮出水面
我蒼白而衰老的尾鰭

血水

黑色的鱗

紅色的鱗

藍色的血液

灼熱漫開

想望你紅色的血液

藍色血液的小蛇

姊姊

蒼白的尾鰭

衰老的尾鰭

過去的尾鰭

我們還有隻過去的尾鰭

高土

　　本來世界是一座森林。巨人突如其來的誕生，他高過所有樹木，看見遠方。

　　他朝著一個方向，重複拔起大樹，一步步遠離開來。他走過的路上有殘留的樹根，它們盤曲帶刺，成為密佈的荊棘，成為荊棘的道路。人們逐漸走向這條荊棘的道路，在巨人倒下的彼方開始分岔出去，由樹幹走向樹枝再到枝葉茂密。人們走成了一個雄偉殘缺的樹的圖騰在大地上。其餘的樹木沒有遇見巨人，它們攀近了天的高度，成為神木，成為神木群，成為禁區，成為牆。

你畫山給我

你畫山給我
我看到一座山

你時時上山

你時時上山
山裡時時下雨
你說你喜歡山
你帶我上山

疲累的山脈

深色的山脈
岩石的痕跡

這麼多的疲累
都是我刻的嗎

你聽見了嗎

下了一個禮拜的雨天氣晴了
蟬叫得很大聲
你聽見了嗎
會不會誤解

刀

刀已經超越所有意義走在一個新的域界
刀也在我體內一塊不知名的處所插著
那裡馬上成為一座供奉的古廟

而刀還有肉身
像我們還有肉身
我們揣摩它的形意
肉身在物質世界可以行走

要趕在天變黑之前

我們來蓋一間房子
敲敲又打打
打打又敲敲
雷聲到處響著
外婆還沒有回來

敲敲又打打
打打又敲敲
我們來蓋一間房子
雷聲到處響著
大哥二哥還沒有回來

要趕在天變黑之前
要趕在雨變大之前
把吊燈吊好

把茅草鋪好
拿出紅色痕跡的帽子
指引有外婆笑臉的大野狼回來

七月某日三更鳴笛

笛聲又響起了
火焰瞬息明滅
遠遠的黑色草地上
黑色的牧童吹徠著
臉容模糊隱沒
牲品咧著嘴
瞇著眼睛笑
眼窩空洞
舌頭長長地掛著

這裡的蛇都長著爪
人立著
它們滑過黑色的草地
嘶嘶
笛聲又響起了
火焰瞬息明滅

纏紫藤蔓的花園

白色古老的花園裡
佈滿藤蔓爬行的黑色痕跡
爬著七彩的蛇
田鼠和雲雀都出來遊戲
蒼白的公主哼著歌
光著腳走過一大片落葉和草地
葡萄藤在花架上掛著
牽牛花爬滿柱子
洋娃娃端坐著
鞦韆持續盪著
蘋果樹稀稀落落
果實透出澄黃色的光澤

花園裡有座古老的高塔
纏滿了紫藤蔓和黑色痕跡

塔上有一扇窗子
公主不在時會有眼睛從裡面向外窺視
這裡只有黃昏和夜晚
只有春天和秋天
這裡埋藏了許多眼睛
夜裡有許多人掘土
附近的貴族微笑時偶爾露出白色的獠牙

小島

我們航行了千里來到另一個島國
這裡的小販有黑皮膚和油鬚的黑髮
他們在街旁對著同伴和我們大聲說話
霓虹燈在他們眼睛裡幻化著

我們在街道上走
水溝裡有我們島國的味道
畢竟我們都是島民
都會航海
溝裡流著同樣的歌
這裡是夜的市集
我們都有黑色的海水和熟悉的氣味
有契合的構造在夜裡

你不曾聽聞那水溝

你說島上有它自己的氣味
這使得他們可以懷念家鄉

皿裡

皿裡通向一條幽暗而星光燦爛的小徑
星宿他們不在意方向且遙不可及
這是你的培養皿
你該深深地看著
錯過的生態只能在記憶外沉寂

沉寂

這年夏天陽光燦爛
我卻看著從前最黑的海
我無知無感
在閃電下也不曾反射光亮
黑海在哪裡
我還在陽光下

索驥

我騎著馬來到一個小山坡
草色清新
紅屋頂的小屋煙囪裡冒著白煙圈圈
一群小矮人辛勤忙碌著
另一群悠閒地午睡像貓兒
我露出什麼表情都是錯的
想任何事或不想都是做作
於是我騎著馬不斷緩步前進著
直到黃昏黑夜

木星

木星很大
很重很遠
這裡什麼都沒有
只有星星太陽
也許我會喜歡光著腳走在這裡的土地上

有時我喜歡木星
當我喜歡的時候
才把我埋在這裡

荒原上

走在一個人的荒原上，巨大的雲塊在高空盤旋。
天色詭譎。風很大。
我幾乎推不開芒草。
現在很晚了，我不該在這裡。
不夠強大，不夠優雅，你不准我再走一步。

夜澤

夜澤在黑色的山裡浮沉
顏色灰白柔軟
我見到自己不斷上山
走進山裡
走進夜澤裡

迷蹤

我感覺一股衰敗的氣息從遠方傳來
在一片林裡
顏色貧瘠
身影孤離羸弱
我已經很久不曾這樣去拾起一根樹枝
樹枝斑駁易折
顯示沼澤在不遠處隱藏密布
我蔓纏每位遠祖的蠻惡血脈
聖殿永遠確實存在某處
我的枯枝們如同骨節在喀喇聲中重覆迴響著我的起源

笑靨

不要相信我們的笑靨
不要相信我們端坐如儀
樹木在光影裡閃現
我們的聲音是笛
眼睛是黃昏如鏡的小湖
眨眼是靈動美好的手指
光裡的枝葉如此純良
它落在地上
風一吹來便如蠍一般爬行

笑靨 II

不要相信我們的笑靨
不要相信我們端坐如儀
樹木在光影裡閃現
我們的聲音是笛
眼睛是黃昏如鏡的小湖
眨眼是靈動美好的手指
光裡的枝葉如此純良
你們這麼堅信著
當我們風一樣地帶來信息

倒反

倒反在水面下
像死了的魚
在夢底下
冰冷寧靜很好

我們不流一滴血枯萎

我們不流一滴血枯萎
瘋狂的惡魔的花

魔說

走過盡頭以後黑白蛋裡蠕蠕流出黃色黏液
沒有小雞出生

※ 魔說，取禪宗：「即經一字，三世佛冤。離經一字，即為魔說。」

溯源

源頭只有一滴水
大家都困窘尷尬

城堡在光裡

城堡在光裡
巷道裡的事物沒有影子
戰爭沒有鮮血
往事在記憶裡
光線很倦

還是如此眷想

還是如此眷想
護城河水草茂密
齒輪橋上上下下
河水紅了又清
清了又紅

黑山

在黑色的山裡
在夜裡無人的大街
在冬天流血的河流
如果事情能不再發生
如果我們和平

像雪

帶刀少年站在山頭
生命意義像雪一樣明朗

魔說 II

1
閉著眼睛
一直走回同一個夢境

2
換血的時候
幾乎死去

膿與血

一隻隻
住在腐敗的池塘
膿與血
膿與血在腹中

牙齒

黑色孿管纏雜滿整個池塘
管口吸吮腳趾像針扎流血
魚生長成排圓銳鋸齒狀牙齒
張大嘴綑縛在管間一隻隻上下左右
金色的針懸浮水裡
夜晚水裡點點發亮

殿

櫃上蒙滿灰塵
擦拭灰塵
鑿一個窟窿
嵌一顆寶石
如血液流轉

殿蒙滿灰塵
破壞之處
無人修繕

你說

你說房子把光切成片片
我在樓梯間聞到熟悉的石頭氣味
光是金色的
我想像你是一隻貓
在住家附近行走
瞭若指掌

父親

「黑暗裡看不見
只有黃澄澄的眼睛它一動不動地注視著我
您的影子滲透了我

「父親,
父親,
我要用恐懼來一輩子憎惡您」

夏天的光芒

一隻銀色的蜥蜴
在光和葉影之間
轉向你的動作銳利
像你剛剛忘記夏天的光芒

贅物發繁

贅物發繁
秋無大風

失而復得
往復念想

※ 贅物：我住的東海宿舍附近一棵黑色、張牙舞爪的樹。曾患病，被
剪去所有枝枒，用黑色塑膠袋包裹治療。一次發現它從黑色塑膠袋中
長出新枝葉。

集盲

一顆石頭掉在水上
情緒微盪
彷彿雨滴召感
頃刻大雨
耽溺或永不耽溺
砸破地面水面
撕扯天空

往返

說時間如梭
車行不住往返
我總是往返在這條路上
冬天秋天
鳳凰花糜成泥
所有發生像沒有發生
我的座落斷開所有往返
大街或河流
夜裡或黑山

我們

我們共有黑山和夜
在篝火升起前
除了呼吸
什麼也看不見

風中篝火閃爍
閃爍不定
每一個異質的神情
都在天光中看見

我們是異星人
來臨只能不斷墜落
降臨之後光亮沉沒

繁星

下到碎石坡上的時候
已經是凌晨了
天空很近
星星很多
很大
能夠隨手指認
像水滴就要滴落
它們都沒有名字
你能感覺它們的形狀和溫度
感覺它們的沉重
彷彿處在它們的注視之中
像一個拱形的罩

那一夜我們睡在車上
冷得睡不著
周遭似乎一直明亮

夜宿奇萊山屋

入夜以後我們知道，這座山只剩下我們七個人
我們圍在爐火邊，閒聊一些穿越時空的東西，山
屋外積滿了雪

睡夢中，睡袋裡出現一隻陌生的手
它拉扯我，我驚恐的醒來，所有人都在熟睡

說起這一晚，大家似乎都沒有睡著，
都以為只有自己醒著，都在夢中被人追逐
睡我隔壁的伙伴於是說
也許因為我壓到了他的外套

發生

許多事都可能發生
晨間無事
夜裡無事

有些事情非做不可
讓它們接連地發生
有些話卻可以不說

一隻白色幽靈的狗

住家附近有一隻白色幽靈的狗
黑色眼瞳
白日或夜晚
惶惑而且錯動
怎麼樣的空間呵
這是
一隻白色幽靈的狗

念力

本來要說時間如梭
我陳置已久的象徵
左邊拖鞋的斷骨
和右邊破裂的網緣

故意想說風和日麗
你就說你剛剛向我傳送念力
你很專注
可是好像沒有成功

櫻桃園

胸口上爬了一隻蜘蛛
酒裡跑進了一隻蟑螂
什麼事都讓人沮喪
東西遺失像缺口
頭痛日復一日
日出日落
在園中來回走著
屋裡屋外
白漆斑斑
始終想不起一件事
一整天期待一粒酒釀櫻桃
卻害怕腸胃不適
昏昏欲睡
在秋天的傍晚
不能再承受一點悔憾

夜澤

山谷漸沉漸深
稜線黑且割人
無事前望
澤就出現在右方

行駛在崖邊
不斷上行著
底流緩慢
不泛漣漪

前往那個洲

1.

決定前往以後

陸地慢慢不再熟識

到底之後搭船

水漸綠漸暗

藤蔓出現後

天色就一直維持在入夜以前

暗黃色的光線

水變得難走

就換了艘小舟

拿起槳划水

水漸綠漸暗

持續前進著

2．

眼睛反射黃色光芒

就像豹

心裡有點高興

只是來晚了點

回來以後

就想不起城市

心裡有點高興

似乎和豹一樣優勢

初來乍到

只是來晚了點

3．

樹木粗大黑沉

枝枒奇異延伸

纏著粗大藤蔓

或綠森蚺

水裡水面時而冒出綠色藤蔓

綠森蚺時而潛伏河中

槳撈起一些水草

附近有越來越多聲音

咕咕，喳喳，噗通

4．

舟靠岸以後

升起火炬

或許黑豹會來

黑豹怕火

可能入夜才來

想吃點果子

果子在樹上高處

顏色鮮豔

似乎沒有毒

有生物在高處陰影處吃著

許多眼睛在發亮

站開一些以後

就有果子掉下來

5 ．

把果子帶到河邊清洗
果子很大
每顆有不同顏色
果皮粗糙
果殼堅硬
拿一顆鮮綠色果子
用石頭敲開
果肉類似葡萄
顏色呈墨綠偏褐
試嘗了一口
味道難以分辨
直覺是樹的味道
雖然沒吃過樹
主要是苦澀的
卻十分解渴
猜想樹上應該是某種猴子
試圖報答一些什麼
最後把帽子留在原處

6．

起身在附近搜尋一些枯枝

準備讓火炬燃燒到清晨

帽子已經不見

開始思考果子的事

大概是遠古的果子

據說遠古的東西都大

樹木的品種可能很老

它們高大

但不垂直高聳

它們枝枒延伸

蠻荒古老

仍然不願往上看

不知道有沒有雲

空氣肯定是濕的

為什麼相信這裡

就像是為什麼能來

不斷相信著

7 ·

睡著以後

夢不見東西

醒來以後火還在燒

已經是清晨

本能知道睡了一夜

沒有作夢

知道夢已經永遠消失

8·

繼續前進

發現仍不太餓

偶爾口渴

可以吃些果子

幾乎沒有路

樹根也不難走

依然靠著河流走

沿途有隻巨蜥跑過樹叢

一隻魚用水射下一隻昆蟲

噗通——

附近一直有許多聲音

像沒有聲音

9．

河流裡有許多大魚潛伏
光線亮的地方
會看到鱗片閃過
古老的魚種可能有更古的種類
如果有食人魚
食人魚也不會吃人

10‧

叢林深處也許有象
但很少人找得到
更深處有黑豹群落
牠們從來不是花豹的黑化個體
牠們從來就是黑豹
在這裡優雅安靜
從不說話

11 ·

叢林深處有一座荒廢的宮殿

附近有一窪湖泊

宮殿裡住著湖泊夫人

牠有著金色毛髮和黑色條紋

葉猴在樹上城牆上

坐著看日落吃果子

沼澤鱷在湖裡沉潛

在湖泊夫人的領地裡豬隻鹿群肥滿壯健

草株清新美味

直到永永遠遠

無重力美學

周芬伶

　　幾乎是每個禮拜的某個下午，他固定來跟我談詩，往往我講的內容讓他感到滿意之後，他才會拿出自己的詩來，像某種神聖之物般交到我手裡。一個禮拜一首，至多兩首，往往只有寥寥幾行，簡得不能再簡的詩句，讀來卻很吃力，令我訝異他是用什麼方法寫詩？

　　家榮高中就開始寫詩，寫到大學，看遍經典詩，揚棄他所謂的「主流詩」，而專攻「自己詩」，這又是他自己的發明。其實現在的主流在哪裡誰也無法確定，可是他幾乎拚一身之力反抗這大風車，而欲走向相反的方向。創作者在起步時多少也會向經典挑戰，然很少人像他一樣全面反抗所有的詩人，像這樣的狂狷之徒已經很少很少了，他感動我與其是詩，不如說是詩人的態度。在這個一面倒向大眾文學與非文學的時代，他以離經叛道之姿寫

著自己的詩，令我想到法蘭克福學派的否定美學，
他們也都是狂狷之徒啊！

　　家榮喜歡游泳，有救生員資格的他，經常泡
在水裡，時而溼著頭髮拿著詩匆匆趕來，狡黠的
笑容有點像裴德洛，詩之狡童，頭髮還滴著水，眼
睛放光，讓我想到魚類，而且是銀光閃動的飛魚。
他的詩跟水有密切的關係，不管是水的意象、潮溼
的意象、冰冷的意象，以及藍色調，最重要的是無
重力的寫法。喜歡游泳的人，在水中泳動時，並不
覺費力，然濺起千尺浪花，飆速百里。

　　他的詩委實太短了，連參賽的資格也沒有，
然他也不會因為這樣多寫一行，多一個字都不可
以，其態度之嚴苛，真是冷峻到極點。不可刪減的
詩句理應好得不能再好，可是讀來平淡，偶有一
些好詩，也覺得是尚未完成的詩，畢竟他還年輕，
他所堅持的一切美好都在詩中呈現，那是一個自滿
自足的世界，不管環境如何喧囂，他感覺著自己，
不需要任何人的意見。他常說一首詩寫得很痛苦，

寫完像虛脫，他不僅用減法寫詩，還用排除世界與他人的方法寫詩，從而找到自己，怪不得他寫得如此辛苦。

我們詩之對談大約持續半年，後來在「創作理論」課上發表他的詩，許多人不能進入他的詩，大約也是被他嚴苛的詩學嚇到。

我是滿能欣賞他的無重力美學，讀他的詩再輕鬆不過，也再沉重不過。縱使不寫詩，他也能當一個詩論家，他對詩的狂熱，詩的執著，詩的挑剔，以及不急不緩的世故泳術，是可作絕佳的搭配。只要他的傲慢與偏見少一點就好了，當我們剛創作時，哪一個不在邊緣，而視主流為毒蛇猛獸，但以此為前提寫詩，一直否定一切，也許真的會什麼都沒有，畢竟這是一個沒什麼主流的年代。

在東海畢業之前他已完成了《光上黑山》，到東華唸創研所之後，他的詩還是極度壓縮，感覺朝向一個大方向寫，手法更多元，除了詩小說還有

組詩，人的氣習也多了些（以前他甚少寫他人），有些組詩讀來有童話或奇幻的味道。最後的組詩〈前往那個洲〉，算是較有規模的詩，意象更繁複，語言如刀裁，他的文字簡白，不講究密度與張力，像一面又一面的旗幟，告訴我們這裡有光，有神。

散文詩或小說詩出現許多動物意象，其中巨蜥是最常見的，寫到此物文字最令人低迴，如〈巨蜥的百岔舌〉：

> 後來霧氣開始驅散的時候，巨木幾乎已經是山谷裡的綠色。只在樹梢頂部留了一塊男孩形狀的黑榴。
> 夜裡，一樣黑色事物在山裡無聲息地墜落。

另外一首我以前就喜歡的詩〈再見〉，七行詩中寫出人與空間的流轉，是絕境又是絕處，有股讓人喘不過氣來的緊逼感：

自你出現後
我時時回來
石塊堅硬
巨碩

但這裡空氣黑
陽光冷
是水的廢墟

　　如果短詩要成王成道，恐怕就要靠神來之筆，
近期寫的〈父親〉就精準抓住要害，三兩刀劃開血
流如注：

　　「黑暗裡看不見
　　只有黃澄澄的眼睛它一動不動地注視著我
　　您的影子滲透了我

　　「父親，
　　父親，
　　我要用恐懼來一輩子憎惡您」

　　寫父子之間糾葛的文章很多，像這樣用最少的字表達最巨大的父權陰影，只有兩句對白，形成極大張力，這表示家榮越來越能掌握短詩的精髓。

　　短詩或稱「小詩」，小詩是在周作人翻譯的日本短歌（俳句）和鄭振鐸翻譯的泰戈爾《飛鳥集》影響下產生的，是上世紀初葉詩人對詩歌形式西化探索的結果。中國小詩運動在一九二一年至一九二五年曾盛行一時，形成了以冰心、宗白華為代表的小詩派。大約一九二五年前後，小詩逐漸衰落。如今的北島可說是短詩的復興者，佼佼者。短詩的重點不在短，可能是音樂性與哲理性的交融。家榮的短詩偏重哲理性，所以他自稱他是文學家也是哲學家。

　　我覺得創作者要有高度自覺，對於創作本身或自己，不過度高估或低估，這是家榮的最大課題。祝福他！

蜥蜴少年　　　　　　　　　　　　孫得欽

　　很光潔、很少年氣，且是執拗的少年，或許——還有幾分自傲，在藝術裡，自傲未必不是美德。

　　我並不清楚他實際的習詩經歷，這本詩裡也沒有太多痕跡，換句話說，他的聲音是獨特的，沒有多少他人的東西。獨特的聲音，來自一絲不苟的自我探求，一鬆懈，一屈從，就會偷渡雜質進來。

　　我對這些詩的第一個印象是見底的清澈，像雪、像陽光那樣大塊的淨白：「有花隨處生長／溫泉裡有蝌蚪／我們穿著拖鞋」、「有時我喜歡木星／當我喜歡的時候／才把我埋在這裡」、「窗外的葉子是淺綠色／陽光喜歡照」；有的幾乎素淨直截到令人詫異，像是：「你畫山給我／我看到一座山」，這樣便是一首詩了，在這樣的詩裡，如果還有隱晦，大概就是，你不相信他要說的就是如此。

簡潔到執拗，執拗到格格不入，執拗到「知道你們知道接下來的行為都是可以的」那樣武斷莊嚴，這是他風格的底蘊，也是他的危崖。

接著看見這些清澈裂開，危險的枝椏生出來：「附近的貴族微笑時偶爾露出白色的獠牙」、「剪下來的月亮有裂痕」、「你擦亮鞋子走／每個腳印都骯髒」、「但那不是你的樣子／我這裡只有烏鴉」這才是這本詩集的主體，純淨的腳步踩在刀鋒，用近乎溫柔的聲音偷渡殘忍，最令人難忘者如：「還是如此眷想／護城河水草茂密／齒輪橋上上下下／河水紅了又清／清了又紅」那末句紅了又清，清了又紅，真是血腥而綿長。

上山求道，異象叢生，有時甚至整個張牙舞爪起來，黑氣、血水、利齒、沼澤都湧上來：「黑色孿管纏雜滿整個池塘／管口吸吮腳趾像針扎流血」、「巨木在霧氣裡呈現黑色。／蜥頭朝上，是巨蜥黑色的百盆舌。」他似乎走在某個聖與魔的關

卡，一個異變人，恐怖他都見了，但信心奇大（成聖還是成魔？）。壓卷的〈前往那個洲〉，長詩，童話的口吻，儘管一路險象，但險象似乎都成了助力，最後那「豬隻鹿群肥滿壯健／草株清新美味／直到永永遠遠」的終點，好像一開始就等在那裡。

是這樣一個少年，披上蜥蜴的外皮，吐納分岔的蛇信，長出鱗片，乃至分不清，是蜥蜴形的少年，還是少年樣的蜥蜴。一跳，往黑裡鑽，皮膚爛成膿血，懷中有寶石與聖殿。史萊哲林的外衣，葛萊芬多的心，誰呢，我想不是哈利波特，忍不住想稱他一聲，詩壇石內卜。

後記

開始爬山之前，我一直在游泳：國中泳隊、高中沒泳隊所以放學就跑去政大游泳池，跟政大泳隊一起練習。當時政大游泳池還是室外，夏天去游，水吸收整日曝晒成為溫熱的，不像溫水游泳池的假溫水。可以看雲，看夕陽緩緩落下。政大泳隊完全接納我，把我當成他們的一分子，修正了我蝶式的缺失，後來我再把訣竅傳承給弟弟。那是我人生中最純粹、快樂的時間。他們說之後考來政大啊，我笑笑說功課沒那麼好。

大一加入學校泳隊，非常操，暖身跑一千六，下水除了頭兩百，幾乎是七八分力游完兩千，外加重量訓練、兩人一組拉筋，痛到不行。很累，每天的疲勞都無法回復，但主要是覺得跟學長姐之間沒有情感交集。我是這屆最晚退隊的了。在那之前隊長請我喝酒，說未來隊長就是你了。當然是我，因為沒有人了。

後來終於走進登山社，他們正準備爬奇萊主北，說我可以參加，說我體力一定沒問題，畢竟是泳隊的。他們不知道我已荒廢半年，而且水裡的體力跟陸上的體力無法等量換算。所以是要爬奇萊。一進登山社就是黑色奇萊。我也不多想，跟著畫地圖做行前準備，沒人告訴我需要一枝登山杖（我竟然也不知道）；沒人告訴我，登頂前將會經過一段一邊是懸崖，另一邊是峭壁，只有一步寬的山路。最後他們說，平常心走過去就好了，雖然掉下去會死，但你一般走路也不會突然跌倒或走歪呀。他們說，你應該不會像之前一個女生蹲在中間哭，讓後面的人沒法動彈吧？我心想，對，我就要蹲在那裡哭，因為你們最後才告訴我有這種路，早點知道我就不會報名了。我才不想大二就摔死在山裡。但我對他們露出牙齒，笑說我才不會。

那天晚上我們的車在崖邊疾駛，車輪貼著路的邊緣，向外看不見路，只看得見黑色峽谷，沒有路燈，我相信我們會摔下山崖，但沒有，凌晨時到了登山口，氣溫是零度。半夜出發，新成員要背

帳篷，所以我背著帳篷和大背包，走在第一個人後面，那是最沒經驗的人走的位置。走過結冰的森林，大家都在粗大樹根上摔了幾次，因為冰比雪更滑。走進草原坡時已經天亮了，只有我很累。其他登山隊傳來消息：登頂之路被冰封。所以我不用走那段路了。團員顯得很失望，因為這次將無法登頂。一紮營，三個男生決定輕裝下山再爬一次。整路跟著我們，住在山上的奇萊小黑也一起下去。小黑的食物來源就是登山客的糧食，但堅持不進山屋，睡在雪地。牠有鐮刀尾，短毛，動作迅速敏捷，落腳其穩無比。我猜牠是很純的台灣犬。

那夜在山屋講鬼故事。一個隊友的同學剛過世，他說他夢到那人照常來上課，其他人都不以為意，像是他從來沒死過。他很害怕，他告訴別人但沒有人相信，那人想跟他說話或向他走來他就逃跑。他知道他在作夢，但過了好久，好幾天，夢都沒有結束。他被困在了夢中。

　　《光上黑山》寫於我大二到大四；三年，穩穩地，一週兩三首左右，靈感殷勤造訪，甚至到了不須珍惜的地步。怎知後來就音訊全無，迫使我得召喚，得用物質身體的力氣煉金，也煉不出什麼來。我已三十六（體感卻像六十六），黑山在我身後很遠很遠了，連第二本《星星》的海也離我很遠了。奇萊山、大武山；基隆外木山（我修鍊海泳之處）、花蓮七星潭：我意象之原始。現在我已破損，精神疾病（躁鬱症、睡眠障礙、焦慮、恐慌），自體免疫疾病（復發性風濕病與各種藥物副作用），將我拗折至，連靈魂都幾乎碎裂開了。過往的黑山，光照在其上──那光意味不明；也許「終於沒有象徵」。

二〇二二・七月

寧

靜

海

序

　　來說一個故事，那是我大四上學期的事。元旦的夜晚，我找了一個好朋友來宿舍，喝茶聊天。他是個基督徒。那天晚上，我說了許多關於宗教和生命的事，我的好朋友後來就只是難過地看著我，問我還記不記得聖經裡的《約伯記》。他說，他在我身上看見一個高僧墜入毀滅的意象。他說，你非要神用魔鬼來讓你信祂嗎？

　　當天夜裡，因為受到後來談話的影響，一直睡不著覺，許多思考開始不斷出現在我腦子裡，我開著電腦，只有電腦螢幕的亮光，我把它們一個一個打下來。連續三天，我都在早上入睡。自那天以後，我就進入一種很特殊的狀態：一天兩首、三首、五首，然後二十首。我開始察覺我的寫作已經不需要依賴靈感了，或者，其實是我隨時隨地都處於靈感狀態。我開始對空氣和天空的光線特別敏感，我能察覺在我周遭所有隱藏的情緒，我彷彿看見了這個

世界更多的事物，它們像是正片負沖的照片，對比鮮明，色彩強烈。我的眼睛和五感都變成新的。我想起了禪宗，想起了開悟。我彷彿終於能夠理解他們了。甚至當我看見一個人，我似乎可以知道他心裡正在想些什麼。魏晉人說「得象而忘言」、「得意而忘象」。我開始思考我是不是可以就此不寫了，我認為我或許已經達到目的，可以捨棄方法了。

但我還是繼續寫著。我在幾個月的時間裡已經寫下了超越所有我以前寫下的總數。我開始在晚上睡不著覺，在只有電腦螢幕的亮光中不住地打字。我所寫下的東西變得黑暗，變得深深進入了黑暗的本質，那是從前不管怎麼幼稚地嚮往黑暗都無法進入的部分。那些東西逐漸侵蝕我，我開始感到害怕。面對著身邊親近而逐漸陌生的人，看著他們彷彿正看著一個不再熟悉的事物那樣，我為我所無法解釋的感到悲哀。我不知道我到了哪裡，顯然我並不是到了那個安適自足的理想境界，因為我越來越感到不安，因為黑暗隨時都跟隨我。我彷彿進入了一個無主之地，我是那裡的王，但那裡沒有人，

只是一片荒原。我不知道該怎麼辦，在那裡我沒有目的。

　　之後就放寒假了，我回到台北，在一個深夜打起字。我開始無可遏止地感到恐怖，我繼續打字；我開始心悸，感覺冬天夜晚冰冷的血液不斷地流回來。我躺在床上，看著空無一物的黑色天花板。我覺得如果再不看見陽光，我就會死亡。我試著禱告，活下來，信了神。

二〇一四・一月

20080101
誰懂得生命

誰懂得生命
想懂的人
生命的勇者

我相信他們懂
但我不相信

我想懂
但我逃避

20080102-1

你笑起來呱啊呱啊
像一隻青蛙
我想不起你的臉
有青蛙一樣的殘缺

20080102-2

那天我說島上獻祭的事
在陰雨中
你說你覺得神也只接受我的
不接受你的

20080104

那人還是那麼走路
只是又變聰明了一點
沒有封面
只有黑色

20080105-1

你說你在一座腐敗的城市
至少屍體都還鮮豔多汁

20080105-2

我走在一條夜裡星光的長廊
長廊的盡頭有一扇窗
地上沒有黑色的夜

20080105-3

我們在夜裡相見
我們來蓋一間房子
東西很黑
東西遺失像缺口
紅色的眼睛
紅色的眼睛在恐懼裡
腐爛的花園
深色海
掉落的花朵沒有骨髓
沒有光也不會發光

20080105-4

堅硬的身體
不再變動的眼神
在光裡
黑暗裡

20080105-5
月光獸

月光化成月光獸
在地上走來走去
可是你看不見牠
因為看不見才有光

20080108-1
奶奶

木柵的街道
政大後山
巧連智
奶奶有大手

挖存錢筒的錢買漫畫
中午上早餐店
早晨起床
想到早起的鳥兒有蟲吃
晚起的蟲兒被鳥吃

天氣是晴朗的
時而陰鬱
我的頭痛
我的日子無數

奶奶有大腳
奶奶有大大的笑臉

20080108-2

分化

分化世界的人
獨活的人
時時在時間之外
那裡沒有世界

被世界分化的人
異質的人
出入困難
請不要責怪

20080109

魚夫人
你們故鄉的土壤
天空星辰

20080110

從今以後
無益的
虛弱的
都不說出口

從今以後
我將開始堅如橡實

20080112-1

溫柔的眼光
溫柔的空氣
所有包容

20080112-2

嘎嘎的門
剝開的床板
鎖住的窗戶
渾濁的天窗
空蕩蕩的中庭
擺起麻將桌
舅公的畫像
婆婆的黑白相片
洗衣服的前院
荒廢花園的後院

貓都走了
磨石子的地板
舀水洗澡的石頭浴缸
像水怪的塞子
短短的圍牆
冬天過年陽光燦爛
放鞭炮
點許多香

大姨說我們把雨帶來
我不記得有這回事
這裡是二空
二空的陽春麵
天下馳名的

20080112-3

事情的關連
都不斷

20080112-4

我不會分化我們
一直的追索

20080112-5

我想對你說

在今天

一切真的都可以了

20080112-6

於是　我又想宣告
「要堅硬的身體」

我就得

20080114-1

貓人

貓人說：「來吧。」
貓人轉身離開
留下眼神

貓人瘦長
貓人腳步笨重
貓人肥胖

20080114-2

被光打擾後
它有光的意識

不被光打擾
它有光的尋索

20080114-3

陰暗
陰暗的追索
不斷向內

20080114-4

黑暗被扯出
被逼視

20080114-5

魔說 III

所有結束
結束而出
如果並不結束

※ 結束而出：結衣束帶而出門。

20080114-6

不說一直一直
說隨時隨地

我不能說我所不知

20080114-7

從此以後
沒有消耗

20080116-1

闖關

趁著夜裡闖關
憑著以為沒有所謂
據說有過這麼一個人
憑他的意志
屢屢闖關
據說那是他最強的時候
為什麼還需要闖關
門應該都是開著的
我說凡事都要有觸發點
凡事都要有開始

沒有開始的時候
要闖關
何況拿捏不住的
還是要崩落

我的闖關其實在雪裡
我不願走到這一步路
動搖了
在不斷拿捏不住的時候
不斷地崩落

20080116-2

不好的
立即砸破
仍然並不乾淨
你知道的
被像影子一樣跟隨
削弱

20080116-3

逐漸溫黑的
夜裡的眼
夢中的王

20080116-4

他有黑色的長髮

無法結束的床邊故事
夜裡瘋狂的馬獸
黑色粗大的豌豆看不見頂
上面有頭手落下
萵苣公主長長的金髮
長長的頸項
你所握著的頭髮
抬起頭也看不見臉容
蒼白的皮膚鮮紅的血

黑色廁所裡會彎腰走出來的
他有黑色的長髮

20080117-1

飢餓
可以多讓我看到什麼
都變深
或者變淺
搖晃
還是穩定

20080117-2

在丹堤外
H 大樓前
我可以一直向下走的
我擔心天會一直變黑

20080117-3

天空的顏色
如果都能是藍色
橙黃色
紅色
白色灰色
和黑色

20080117-4

用盡所有引伸以後
新的引伸將會出現

20080117-5

姊姊
兩年了
我畏懼的是我

20080120-1

我渴飲了多少
黑夜的血

20080120-2

隨即
就要崩落
一念不決

20080120-3

我也看見了
我黑暗的野獸
殺了牠
但也不要原諒那個帶牠出來的人

20080122
斗篷

餐桌旁
有四張椅子對靠
都披著浴巾
沒有點上蠟燭
沒有人將要過去
關燈之前不在的
離開的也不在
廁所的燈是它們的蠟燭
這時候才在的

蒼白的帷幕
騎士的悼語
沒有晚餐
和杯盤狼藉
沒有整齊的桌巾
只有空無一物
跟自己說話
不說出聲
不敢看對面的人

和旁邊的人
不敢轉頭
不敢斜視
不敢看斜對面的人
不敢看人
不敢動作
不敢閉上眼睛
我的土地
所有的花都拿不起來

黑夜的騎士披白色的斗篷

你們為什麼不作吸血鬼

披紅色的斗篷

黑色的斗篷

不在深夜裡遊蕩

不把嘴巴張開

要嘆息

哭泣

不說話

20080125

原諒不說的
和我們的無能

20080301

昨天問你，以後要是我不想寫了呢
因為我又不靠這個變得完整

20080314-1

把我像衛星一樣地拉住
把我像行星一樣地拉住

20080314-2

那年夏天我在海裡觸了一塊大礁石

我非常害怕它

20080319.

隱疾不發的日子
殘缺的
和索然

就是這麼死去的
一直以來的我們

20080325

在寧靜海游泳

拉小提琴
在寧靜海游泳
朝向陽光
自己在黑色的那面
只要上了岸就變成光的
俯瞰地球
又不斷仰望
畢竟所有美好的
都在星空中發生

2008.03.29.

閉上眼睛

我很疲倦
就要閉上眼睛
一首抒情詩響起
旋律柔和
像另一首
不知名的森林

20080418

贅物死了
在黑色的裹屍布裡
在綠色荒原

※ 贅物：我住的東海宿舍附近一棵黑色、張牙舞爪的樹。曾患病，被
剪去所有枝枒，用黑色塑膠袋包裹治療（同〈贅物發繁〉）。在一次
颱風中被吹倒

20080424-1

還是想念
水的波紋
金色閃光

20080424-2

溫柔的沉潛
擺動
入水
出水

20080426

你仍然破碎
我仍然殘缺

20080427-1

我知道山已經消失
永遠消失

20080427-2

月光下

我讓尾鰭浮出水面
在月光下
水光中

20080427-3

記得

我藍色水域的詩
我記得你們
在我記憶裡沉沒

20080430

熟睡中的吸血鬼
你是誰
我很怕你

20080521-1

拿著匕首
在水中的女人

夜裡水中的閃光
水中的刺

20080521-2

馴養了一顆石頭
在天狼星上的名字

唸起來溫和
也並不邪惡

20080521-3

殘疾的海
因為人們刺傷你

20080521-4

友善的狗
你為什麼變得凶殘

20080521-5

這就是我們要面對的
有好事
也有壞事

會心情好
會心情不好

20080521-6

如果都可以沒關係
像你一樣坐在那裡　看我
那多好

20080521-7

這個泥土的機器人
也無從怪罪
也不知如何是好
他只能空空的望
也不知望向何方
也不知如何度日

20080529

其實她心裡很單純
所以我說
我怕回頭

20080618-1

這裡

這裡的街道
山
房子
和人們
在意識裡不斷地跑
像陽光一樣重現
再重現

我們的海

你真要淹沒

雖然最後

沒有一粒泥土可以剩下

雖然我的背包

屬地的

什麼也帶不走

雖然只有行為

只有關係

只有記憶留下

20080618-2

早上散步

早上散步
有山路
溫泉

蜿蜒在溫暖之中
有花隨處生長
溫泉裡有蝌蚪
我們穿著拖鞋

20080619
我們穿著拖鞋

我們穿著拖鞋
光亮的夏天
每一座白天的山
都沒有消失

有藍天和白雲
我們沒事
也很高興
山頂或許可以看見海

20080620-1
往日

黑砂的馬場
羸弱的馬
春天櫻花
夏天蟬鳴

馬場旁邊的小可
又遇到你了
我們往日
皇宮的老鄰居

※ 小可；一隻認識的狗的名字

20080620-2

那夜的風

那夜的風

從側面刮來

強勁地

密實地

甚至能看見

一條條

衝過側臉

一片黑暗

無法吸入

無法呼吸

但那不是我
是一個不知名的人

回信（尾聲）

即使那樣外圍的熱度還是構成我的記憶
這些一直令人感到陌生的轉述
只是希望我想你的部分沒被錯過
你反對的我還願意留下
你認同的又有多少能夠留下
與詩無涉又如何
不是什麼都與詩有關

後來發現除了天早已光亮
就連你說的話也是誠實的

雙囍文學 09

光上黑山，寧靜海

作者　胡家榮

堡壘文化有限公司　雙囍出版

總編輯　簡欣彥
副總編輯　簡伯儒
責任編輯　廖祿存
行銷企劃　曾羽彤
裝幀設計　朱　疋

讀書共和國出版集團

社長　郭重興
發行人兼出版總監　曾大福
業務平臺總經理 李雪麗｜業務平臺副總經理 李復民｜實體通路組
林詩富、陳志峰、郭文弘、賴佩瑜｜網路暨海外通路組 張鑫峰、林
裴瑤、王文賓、范光杰｜特販通路組 陳綺瑩、郭文龍｜電子商務組
黃詩芸、李冠穎、陳靖宜、高崇哲、沈宗俊、黃亞菁｜閱讀社群組
黃志堅、羅文浩、盧煒婷、程傳珏｜版權部 黃知涵｜
印務部 江域平、黃禮賢、李孟儒

出版　堡壘文化有限公司 雙囍出版
發行　遠足文化事業股份有限公司
地址　231 新北市新店區民權路 108-3 號 8 樓
電話　02-22181417
傳真　02-22188057
Email　service@bookrep.com.tw
郵撥帳號　19504465 遠足文化事業股份有限公司
客服專線　0800-221-029
網址　http://www.bookrep.com.tw
法律顧問　華洋法律事務所　蘇文生律師
印製　韋懋實業有限公司
初版 1 刷　2022 年 09 月
定價　新臺幣 420 元
ISBN：978-626-96502-0-0
9786269650224 (EPUB)｜9786269650217 (PDF)

國家圖書館出版品預行編目 (CIP) 資料

光上黑山，寧靜海 / 胡家榮著 . -- 初版 . --
新北市：堡壘文化有限公司雙囍出版：遠
足文化事業股份有限公司發行，2022.09
面；　公分 . -- (雙囍文學；9)
ISBN 978-626-96502-0-0(平裝)
863.51　　　　　　　　111014169